Ce livre appartient à

_____

# BRADY BRADY

# BRADY BRADY

## Collection 5 étoiles

*Mary Shaw*

Illustrations de *Chuck Temple*

Texte français de Jocelyne Henri et d'Isabelle Allard

Éditions
■ SCHOLASTIC

Catalogage avant publication de Bibliothèque et Archives Canada

Shaw, Mary, 1965-
[Romans. Extraits. Français]
Brady Brady collection 5 étoiles / Mary Shaw ; illustrations de Chuck
Temple ; texte français de Jocelyne Henri et d'Isabelle Allard.

Traduction de: Brady Brady all-star hockey collection.
Sommaire:  Brady Brady et l'échange monstre -- Brady Brady et la super
patinoire -- Brady Brady et la partie décisive -- Brady Brady et la
patinoire de Freddie -- Brady Brady et le gardien disparu.
ISBN 978-1-4431-2846-9 (relié)

1. Histoires pour enfants canadiennes-anglaises--Traductions françaises.
I. Temple, Chuck, 1962-, illustrateur  II. Henri, Jocelyne, traducteur  III. Allard,
Isabelle, traducteur  IV. Shaw, Mary, 1965- .  Brady Brady and the great
exchange.  Français.  V. Titre.  VI. Titre: Brady Brady collection cinq étoiles.

PS8587.H3473A614 2013          jC813'.6          C2013-903009-3

Édition publiée par les Éditions Scholastic, 604, rue King Ouest, Toronto (Ontario) M5V 1E1.

5  4  3  2  1     Imprimé en Chine  38     13  14  15  16  17

# Table des matières

# BRADY BRADY

## et la super patinoire

Brady aime l'hiver. Il aime l'hiver parce qu'il aime patiner.
Il aime patiner parce qu'il aime le hockey.
Brady ne pense à rien d'autre qu'au hockey.

Sa famille est en train de devenir *follllle!*
Il faut l'appeler deux fois pour attirer
son attention.

— Brady, Brady! Cesse de penser
au hockey et mange
tes pommes de terre.

— Brady, Brady! Brosse tes dents.

— Brady, Brady!
Prépare-toi pour l'école.

— Brady, Brady!
N'oublie pas ton lunch.

Sa famille est devenue tellement habituée à l'appeler deux fois qu'elle le nomme tout simplement Brady Brady. C'est plus facile de cette façon.

Brady fait partie d'une équipe appelée les « Ricochons ».
Quand arrive la saison du hockey
et que les Ricochons commencent à jouer,
Brady pense encore plus au hockey
et encore moins au reste.

Quand Brady ne joue pas au hockey, il attend les chutes de neige.
Chaque matin, il saute du lit pour voir s'il a neigé durant la nuit.
L'été dernier, il a décidé qu'il construirait quelque chose
de super cet hiver!

Voilà qu'un samedi matin, la cour est couverte de neige.
— Yaou-ou! s'écrie-t-il, en secouant le lit du chien.
Viens, Champion! Nous avons du travail à faire.

— Pas si vite, mon grand, dit son père, en voyant Brady avaler ses céréales à toute vitesse. Y a pas le feu!

— Non, papa, seulement de la neige. Beaucoup de neige!

Brady grimpe sur sa chaise.

— Aujourd'hui, je vais construire la plus formidable patinoire du monde! Les enfants de tous les coins de la ville vont venir jouer au hockey dans la cour.

— Tu es fou, lui dit sa sœur. C'est beaucoup trop de travail.
— Brady Brady, ton nez va geler et tomber,
l'avertit sa mère.
— Je t'aiderais bien, mais je suis
allergique au froid, marmonne
son père.

12

— Ce n'est pas grave. Je peux le faire tout seul, se vante Brady, en mettant son habit de neige, ses bottes et sa tuque.
Sa mère l'aide à mettre deux paires de mitaines pour ne pas qu'il prenne froid.

Brady trace le contour de sa patinoire
en traînant ses pieds dans la neige.
Sa patinoire sera aussi grande
que la cour.

Avec la grosse pelle de son père, Brady soulève la neige et l'empile
sur les côtés. Les tas de neige sont de plus en plus hauts, mais pas assez
pour l'empêcher de voir sa sœur qui boit du chocolat chaud dans la cuisine.

Brady arrive à peine à tenir le sandwich que sa mère lui apporte.
Tandis qu'il tape la neige pour égaliser la surface,
Brady se dit que ce sont ses bras qui vont tomber,
pas son nez.

15

Il fait presque nuit quand Brady termine son travail. Il prend une bouteille de jus de framboises et trace un cercle rouge. Avec une bouteille de jus de bleuets, il trace deux lignes bleues, comme sur une vraie patinoire de hockey. Il sort le boyau d'arrosage et inonde sa patinoire. L'eau gèle. Brady est sur le point de geler lui aussi.

Ce soir-là, il s'écroule sur son lit, à peine capable de bouger.
— Tu vois, maman, dit-il en reniflant, mon nez n'est pas tombé.

17

Le lendemain matin en se levant, Brady constate que sa patinoire est enfouie sous la neige.

— Je t'ai dit que c'était trop de travail, lui dit sa sœur.

— Brady Brady, tu vas te transformer en bonhomme de neige, l'avertit sa mère.

— Désolé d'avoir un dos aussi mauvais, marmonne son père.

Après avoir pelleté pendant des heures, Brady inonde sa patinoire.
Mais voilà que Champion poursuit un écureuil et
Brady doit recommencer l'opération!

Encore une fois, ce soir-là, il s'écroule sur son lit,
à peine capable d'embrasser sa mère.

Les jours où il neige, Brady enlève,
à grandes pelletées, la neige
de sa patinoire.

Les jours où il fait très froid,
il inonde sa patinoire.

Et chaque jour, peu importe
s'il est fatigué ou s'il a froid,
Brady patine sur sa patinoire.

— La patinoire est trop bosselée, lui dit sa sœur.
— Tu vas t'épuiser, l'avertit sa mère.
— Je ne trouve pas mes patins, marmonne son père.

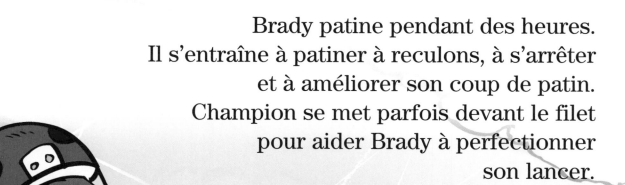

Brady patine pendant des heures.
Il s'entraîne à patiner à reculons, à s'arrêter
et à améliorer son coup de patin.
Champion se met parfois devant le filet
pour aider Brady à perfectionner
son lancer.

Le coup de patin de Brady
s'améliore de plus en plus.
Et juste à temps! Le lendemain,
les Ricochons disputeront leur match
le plus important, celui de la Coupe Givrée.

Ce soir-là, Brady porte son équipement.
Il est tellement excité qu'il se couche tout habillé.

Brady est le premier arrivé dans le vestiaire des joueurs.
Il accueille ses coéquipiers, en espérant qu'ils sont
aussi excités que lui.

Quand tous les joueurs ont mis leurs uniformes
et lacé leurs patins, ils se rassemblent au centre du vestiaire
et lancent leur cri de ralliement.

« **On est les plus forts,**
**On est les meilleurs,**
**On va les avoir...**

… Qui a éteint la lumière??? »

Tout le monde attend… et attend encore.

Enfin, l'entraîneur prend la parole.

— On dirait que l'électricité est coupée dans tout le bâtiment. J'ai bien peur que le match de la Coupe Givrée ne soit annulé. Enlevez votre équipement.

Même s'il fait noir, Brady devine l'air de ses coéquipiers.
Il les entend gémir et grogner en délaçant leurs patins.
Tout le monde est aussi déçu que lui.

— Attendez! crie Brady. Je connais une super patinoire
où nous pouvons jouer.

Pour les joueurs, ce match de hockey
est le plus exaltant de tous les temps.

Tout le monde s'amuse tellement que personne
ne se préoccupe du pointage final!

Et quand Brady voit les mines joyeuses autour de lui,
il sait qu'il a construit la plus formidable patinoire
extérieure du monde, une super patinoire!

# BRADY BRADY

## et le gardien disparu

Brady aime l'hiver. Il aime l'hiver parce qu'il aime le hockey. Il ne pense à rien d'autre qu'au hockey. Il y pense tellement qu'il faut l'appeler deux fois pour attirer son attention. Sa famille est en train de devenir *folle!*

— Brady, Brady! As-tu fait ton lit?
— Brady, Brady! Champion veut sortir.
— Brady, Brady! Tu renverses ton lait!

À la longue, sa famille a fini par l'appeler Brady Brady. C'est plus facile de cette façon.

Brady fait partie d'une équipe appelée les Ricochons. L'aréna où ils jouent est à un coin de rue de chez Brady. Ce n'est pas loin, mais Brady part toujours tôt pour être le premier arrivé.

Un samedi matin, les Ricochons doivent jouer contre une équipe de durs appelée les Dragons. Les Dragons n'ont jamais été vaincus. En se rendant à l'aréna, Brady se sent agité et un peu nerveux.

En entrant, Brady salue Charlie, son ami. Charlie est le gardien de but des Ricochons et le garçon le plus intelligent que Brady connaisse. Il aide souvent Brady à faire ses devoirs de mathématiques.

Avant chaque match, Charlie donne aussi un coup de main au casse-croûte de l'aréna. Il dit que grignoter du maïs soufflé l'empêche de penser aux rondelles lancées vers son filet et le débarrasse de ses papillons à l'estomac.

Brady remarque que Charlie a l'air plus nerveux aujourd'hui.

— On se revoit dans le vestiaire des joueurs, Charlie, lui dit Brady,
en passant devant le casse-croûte.
— D'accord, Brady Brady, marmonne Charlie, sans regarder son ami.

Avant un match, il y a habituellement beaucoup de bavardage, mais aujourd'hui le vestiaire des Ricochons est presque silencieux. La mauvaise réputation des Dragons inquiète les Ricochons.

Quand tous les joueurs sont habillés,
ils se rassemblent au centre de la pièce pour lancer leur cri de
ralliement. Mais ils ne sont pas aussi bruyants qu'à l'habitude.

**« On est les plus forts,
On est les meilleurs,
On va les avoir...**

... Y a quelque chose qui cloche! »

Ils regardent autour d'eux… et voient l'équipement du gardien
dans un tas. Charlie a disparu!

— Brady Brady! Essaie de le retrouver, dit l'entraîneur.
Brady sort à toute vitesse. Une seconde plus tard, il revient
avec une note qu'il a trouvée sur la porte. Il la lit à haute voix.

— Oh, non! grogne l'entraîneur.
Nous ne pouvons pas jouer sans notre gardien!

Des joueurs s'assoient et commencent à délacer leurs patins.

— Attendez! crie Brady. Mais nous avons un gardien.
Il faut simplement le retrouver.

Ils regardent derrière la
machine à maïs soufflé du
casse-croûte. Pas de Charlie.

Ils regardent sous les gradins.
Il y a de la gomme collée sous les sièges.
Mais pas de Charlie.

Ils regardent partout, même dans les toilettes des filles.
Toujours pas de Charlie.

Enfin, ils regardent dans le garage.
Charlie est là, assis sur la surfaceuse.

— Descends, Charlie. Nous avons besoin de toi, le supplie Brady.
— Je ne peux pas affronter les Dragons, Brady Brady, gémit Charlie. J'ai peur.
— Tu n'as pas à les affronter tout seul, mon gars, lui dit l'entraîneur. Nous sommes les Ricochons. Nous les affronterons en équipe.
— Nous sommes tous un peu nerveux, Charlie, ajoute Brady. Mais tu peux être plus malin que les Dragons n'importe quand.

Les joueurs des Ricochons lancent leur cri de ralliement. Cette fois, ils sont aussi bruyants et aussi fiers que d'habitude.

« **On est les plus forts,
On est les meilleurs,
Notre gardien s'appelle Charlie,
On est ses amis!** »

Charlie descend de la surfaceuse.

Sur la patinoire, les Ricochons s'alignent devant les Dragons. Brady entend Charlie claquer des dents derrière son masque.

L'arbitre fait la mise au jeu et le match commence.
Les Dragons plaquent leurs adversaires et leur donnent des coups de bâton.
Ils jouent comme des brutes, mais les Ricochons n'abandonnent pas.
Toute l'équipe sait qu'elle doit faire de gros efforts pour aider Charlie…
surtout que leur gardien a les yeux fermés la plupart du temps.

À la fin de la troisième période, le score est toujours zéro à zéro.
Durant la période supplémentaire, personne ne compte.
Il ne reste alors qu'une solution : *la fusillade!*

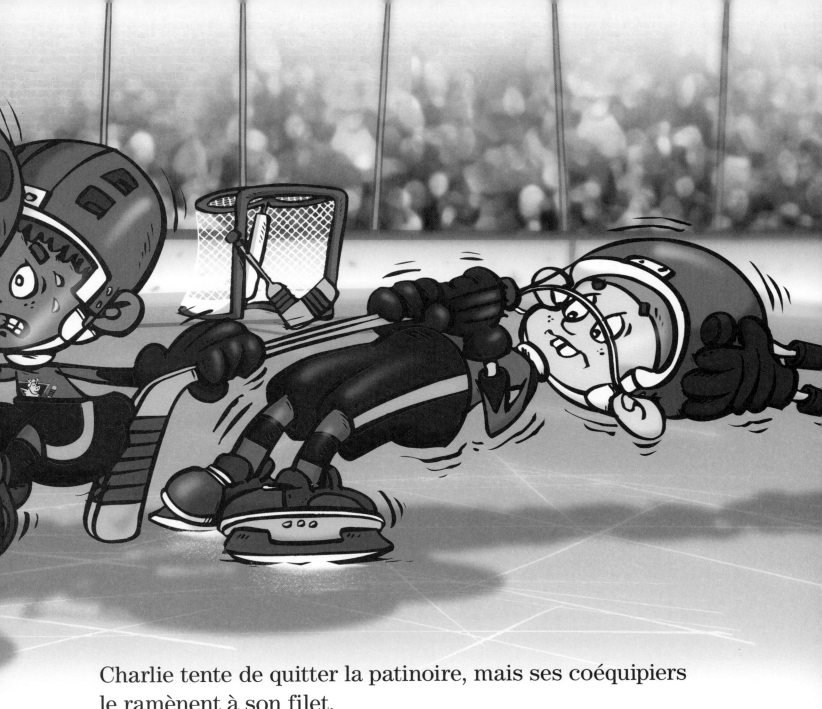

Charlie tente de quitter la patinoire, mais ses coéquipiers
le ramènent à son filet.

— Allez, Charlie, tu es capable, lui dit Brady, en lui donnant
une tape dans le dos. Tu peux être le meilleur quand tu veux!

Les Ricochons sont les premiers à tirer,
et c'est Brady qui est choisi. Partant du centre de la glace,
il fonce à toute vitesse vers le gardien adverse,
la rondelle sur la lame de son bâton.
Il entend les encouragements de ses coéquipiers.

Brady tire en direction du filet. *Ping!* La rondelle frappe
la barre transversale… et retombe dans le filet!

La foule se déchaîne, sauf les partisans des Dragons, bien entendu.

C'est maintenant au tour des Dragons.
Brady regarde Charlie et lui fait signe que tout va bien.

— Rappelle-toi, Charlie, tu peux être le meilleur quand tu veux!

Le joueur des Dragons commence son attaque.
La sueur coule sur le visage de Charlie, mais il ne ferme pas les yeux.
Il se met plutôt à réfléchir.

— La vitesse de la rondelle… fois l'arc de la rondelle… marmonne-t-il, ce qui signifie… qu'elle devrait arriver… *exactement*…

... ICI!

*Flac!*
La rondelle se loge
dans le gant tendu
de Charlie.

— *Hourra pour notre gardien!*
s'écrient les Ricochons.

Les joueurs sautent par-dessus la bande pour rejoindre Charlie,
qui n'a pas encore bougé.

Charlie tient encore la rondelle quand ses coéquipiers
le soulèvent sur leurs épaules.

— Je savais que tu y arriverais! dit fièrement Brady à son ami.

Son ami, le super gardien *retrouvé* des Ricochons.

# BRADY BRADY

## et l'échange monstre

Aujourd'hui, les Ricochons ont un match de hockey.
Les joueurs se réunissent au centre du vestiaire
pour lancer leur cri de ralliement :

*« On est les plus forts,*
*On est les meilleurs,*
*C'est nous les Ricochons,*
*Et nous les vaincrons! »*

Puis, un par un,
les joueurs quittent le vestiaire.
Sauf Grégoire.

Au début de la saison, Grégoire a confié à ses coéquipiers qu'il souhaitait demeurer en arrière quelques minutes pour se concentrer sur son jeu. Il reste toujours dans le vestiaire pendant que les joueurs vont s'échauffer sur la patinoire. Aujourd'hui aussi, les Ricochons laissent Grégoire seul. Après tout, ils ont chacun leurs propres superstitions.

Brady doit *toujours* être
le premier sur la patinoire.

Charlie ne joue *jamais* sans avoir
d'abord mangé du maïs soufflé.

Tess insiste pour que son père suive *exactement* le même trajet pour se rendre à la patinoire, en évitant les nids de poule et les couvercles d'égout.

Titan fredonne en enfilant son équipement, *d'abord* le côté gauche, *puis* le côté droit.

Durant la séance d'échauffement, Brady s'aperçoit qu'il a oublié les bouteilles d'eau et retourne les chercher dans le vestiaire. Il voit Grégoire se débattre pour enfiler ses patins, les joues gonflées par l'effort et le front dégoulinant de sueur.

— Est-ce que ça va, Grégoire? demande Brady à son coéquipier, dont le visage est tout rouge.

— Je… Ça va, Brady Brady,
répond Grégoire en essuyant
rapidement la sueur qui lui coule sur le nez.
J'arrive tout de suite.
Brady prend les bouteilles d'eau et s'apprête à sortir.
Il sait que son ami ne dit pas la vérité.
— Si tu ne te sens pas bien, dit Brady, tu n'es pas obligé de jouer.

Grégoire regarde Brady d'un air triste.

— Je ne veux pas laisser tomber l'équipe, mais je ne pourrai pas jouer avec vous aujourd'hui… ni les autres jours.

— Qu'est-ce que tu veux dire? demande Brady.

Grégoire se penche vers son ami.

— Mes patins sont trop petits, chuchote-t-il tristement, et mes parents ne peuvent pas m'en acheter des neufs.

Quand je joue, j'ai très mal aux pieds.

Grégoire remet son équipement dans son sac. Brady remarque ses pieds rouges et enflés. Depuis un mois, Grégoire ne porte plus de bas dans ses patins. Ses coéquipiers n'y comprennent rien, parce que Grégoire a toujours prétendu que ses bas verts lui portaient chance. À présent, Brady connaît la vérité.

Brady fouille dans son sac et en sort
une bouteille de lotion.
— Ma mère l'a mise dans mon sac parce qu'elle dit que mes
gants sentent mauvais, explique Brady. Si tu mets de la lotion
sur tes pieds, tu arriveras peut-être à enfiler tes patins? Es-tu
capable de jouer encore une fois avec ces patins-là? Après,
on essaiera de trouver une solution.

Grégoire *et* ses pieds se sentent déjà beaucoup mieux.

En faisant le tour de la patinoire, Grégoire essaie de ne pas penser à ses orteils douloureux. Mais, à la troisième période, Brady se rend compte que son ami souffre. Il lui suggère donc de rester devant le filet pour qu'il puisse passer la rondelle.

Personne ne semble s'apercevoir que quelque chose ne va pas, et les deux garçons sont soulagés quand le match prend fin.

Dans le vestiaire des Ricochons, les commentaires fusent
de toutes parts, comme d'habitude après une partie.

C'est Charlie qui donne une idée à Brady.

— Il me faudrait des brassards plus gros, dit Charlie en faisant jouer ses muscles à peine développés. Ça m'aiderait à mieux couvrir l'entrée du filet.

— Ma mère voudrait que je me débarrasse de mes gants puants, ajoute Brady. Ça me donne une idée géniale!

Tout le monde se tait et l'écoute.

— Nous allons organiser la plus grand opération d'échange jamais vue! Apportez toutes les pièces d'équipement que vous ne portez plus, et vous pourrez peut-être les échanger contre autre chose! dit Brady en faisant un clin d'œil à Grégoire.

Les joueurs trouvent l'idée excellente.
Ils passent le reste de la journée à accrocher
partout des affiches annonçant la gigantesque opération
d'échange qui se tiendra sur la patinoire, dans la cour de Brady.

Ce soir-là, Brady et Grégoire sont tellement énervés
qu'ils ont de la difficulté à s'endormir.

Quand le grand jour arrive, Grégoire est le premier sur les lieux, ses patins trop petits sous le bras. Brady a fait des affiches, qu'il a installées dans les bancs de neige, autour de la patinoire.

Grégoire place ses patins sous l'affiche « PATINS ».
Des gens de partout dans la ville se présentent.

Brady repère des gants parfaits pour lui. Il est persuadé
qu'ils vont l'aider à compter des buts importants.
Charlie trouve des brassards plus gros. Il est convaincu
que personne n'arrivera à le déjouer.

Grégoire attend patiemment de trouver des patins à sa pointure.
Son enthousiasme diminue chaque fois que des patins
sont déposés sous l'affiche, parce qu'ils sont soit trop grands,
soit trop petits.

Grégoire est sur le point de perdre tout espoir quand Brady
sort de la maison et dépose ses patins sous l'affiche.
— Qu'est-ce que tu fais, Brady Brady? demande Grégoire
en les ramassant. Tu files comme le vent avec ces patins-là!
— Il est temps que quelqu'un d'autre file comme le vent, dit Brady.

Les pieds de Grégoire glissent facilement dans les patins.
— PARFAITS! crient les deux garçons en même temps.

Grégoire saute sur la patinoire pour essayer ses nouveaux patins. Brady regarde la pile de patins devant lui. Aucun n'est à sa pointure. Finalement, il en choisit une paire et l'essaie. Pendant qu'il attache les lacets, Grégoire s'approche de lui et sort quelque chose de sa poche.

— Ils ont l'air un peu grands, Brady Brady. Tiens, essaie ça,
dit-il fièrement en lui tendant ses bas verts. Ils vont remplir
tes patins et te porter chance.
Grégoire a raison. Les bas chanceux remplissent bien
les nouveaux patins de Brady.

Les lampadaires s'allument dans la rue pendant que les derniers clients ravis quittent la cour. Brady et Grégoire ont toute la patinoire à eux seuls. Il reste une seule pièce d'équipement dont personne n'a voulu…

les gants puants de Brady Brady!

# BRADY BRADY

## et la partie décisive

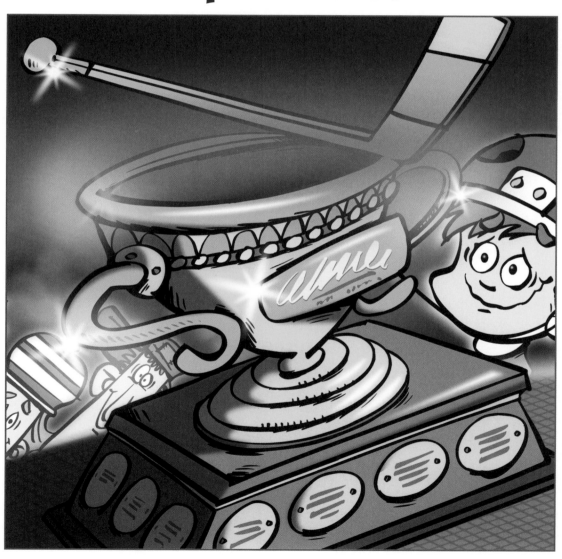

Brady s'entraîne à faire des tirs au but avec Charlie.
Quand Charlie est fatigué, Champion le remplace devant le filet.
Brady et son ami s'exercent toute la matinée. La fin de semaine
prochaine, ils vont participer au tournoi du Bâton d'Or, le plus
important tournoi de la saison!

Et cette grande compétition aura lieu à l'aréna des Ricochons.

Les joueurs de l'équipe ont placé des affiches dans toute la ville
pour l'annoncer.

Brady compte les jours jusqu'à la fin de semaine. La veille du tournoi, il est si nerveux qu'il dort avec son équipement.

Il rêve qu'il fait une échappée. Il file sur la glace, des étincelles jaillissent de ses patins… et il marque le but de la victoire!

Quand il crie « Il lance et compte! »
dans son sommeil, il réveille
Champion, qui bondit de son panier.

Les joueurs de l'équipe se tapent la main en entrant dans le vestiaire. Tous les Ricochons pensent que les tournois sont les meilleurs moments du hockey. Ils ont hâte de rencontrer l'équipe adverse et de faire l'échange des épinglettes au centre de la patinoire.

Les gradins sont remplis à craquer de parents, grands-parents, frères et sœurs, et aussi de joueurs des autres équipes.

Lorsque Titan entonne l'hymne national avant la première partie, les spectateurs hurlent de joie!

Les Ricochons jouent de leur mieux durant chaque partie.
Et ils sont récompensés de leurs efforts :
demain, ils participeront à la finale.

— Ce soir, leur dit l'entraîneur, mangez un bon repas
et couchez-vous tôt...

... Et toi, Brady Brady, n'oublie pas de faire sécher
tes gants puants! ajoute-t-il avec un clin d'œil.

Cette fois encore, Brady dort toute la nuit avec son équipement.

Le matin de la partie décisive, les Ricochons arrivent tôt,
impatients de savoir qui seront leurs adversaires.
Un grognement résonne dans l'aréna quand l'entraîneur annonce :

— Les gars, nous allons
affronter les DRAGONS!

Les Dragons font toujours trébucher les Ricochons
quand l'arbitre a le dos tourné.

Tess se mord la lèvre. Titan fredonne nerveusement.
Brady attache les patins de Charlie ensemble
pour que son ami ne puisse pas s'enfuir.

Quand tous les joueurs de l'équipe sont prêts, ils se rassemblent au centre du vestiaire pour leur cri de ralliement :

*On est les champions!*
*On est les plus forts!*
*Tant pis pour les Dragons!*
*À nous le Bâton d'Or!*

Sur la patinoire, les Ricochons s'alignent devant les Dragons.

Puis l'arbitre laisse tomber la rondelle et le match commence.
Les Dragons font trébucher leurs adversaires,
leur donnent des coups de bâton et jouent dur,
mais les Ricochons tiennent bon.

L'entraîneur des Dragons laisse son meilleur joueur
sur la patinoire pendant presque toute la partie.
Certains Dragons n'ont même pas l'occasion de jouer.

L'entraîneur des Ricochons, lui, dit à ses joueurs :

— C'est ensemble que nous sommes parvenus jusqu'ici,
alors vous allez tous jouer.

Au début de la troisième période, les deux équipes sont à égalité. Les Ricochons ont mal partout et sont couverts de bleus.

Pendant toute la partie, les Dragons ont projeté de la neige sur le masque de Charlie.

Tess a été mise en échec pendant qu'elle faisait sa fameuse vrille.

Grégoire a reçu un coup
de bâton pendant son
échappée.

JAMAIS Brady n'a autant
voulu gagner une partie.

Il ne reste qu'une minute de jeu, quand soudain…
le meilleur joueur des Dragons fait une échappée,
comme celle dont avait rêvé Brady.

Charlie peut à peine voir à travers
la neige qui couvre ses lunettes.

Le joueur de l'équipe adverse exécute
un tir. La rondelle file au-dessus du
gant de Charlie et atterrit dans le filet.
Le Dragon lève les bras en signe
de victoire.

Brady voit les partisans des Dragons se lever en sifflant et en hurlant. Ceux des Ricochons quittent les gradins. Le père de Brady lui fait un petit sourire derrière la baie vitrée.

Les dernières secondes de la partie traînent en longueur. Enfin, la sonnerie retentit. Le match est terminé. Les Ricochons ont perdu le Bâton d'Or.

À contrecœur, ils font la queue pour serrer la main de leurs adversaires. Puis ils quittent la patinoire, la tête basse.

Le vestiaire est plongé dans le silence. Plusieurs joueurs ont les larmes aux yeux. Charlie se cache le visage dans ses jambières.

Brady n'aime pas perdre. Il a le cœur gros.

L'entraîneur s'avance au centre de la pièce et déclare avec un GRAND sourire :

— Les gars, je sais que c'est difficile en ce moment, mais n'oubliez pas tous les efforts que vous avez faits pour vous rendre en finale. Et surtout, souvenez-vous qu'il est plus important de perdre loyalement que de gagner en trichant.

Les Ricochons commencent à enlever leur uniforme. Soudain, on frappe à la porte. Brady sort la tête du vestiaire.

— Gardez vos uniformes! crie-t-il à ses coéquipiers. On va jouer une autre partie! Encore plus IMPORTANTE que le match que nous venons de disputer!

Quand il ouvre la porte toute grande,
les Ricochons s'écroulent de rire en voyant l'équipe
qu'ils vont affronter.

Brady ne sait pas qui sont
les plus excités par cette partie :
les Ricochons ou leurs parents.
Mais cette fois, il a le cœur léger.

# BRADY BRADY

## et la patinoire de Freddie

Brady adore l'hiver. Il adore l'hiver parce qu'il adore patiner. Il saisit toutes les occasions de patiner sur la patinoire de sa cour.

Un après-midi, Brady et quelques amis jouent au hockey quand Freddie, un autre membre des Ricochons, arrive en courant.

— Brady Brady! Tu devrais voir la patinoire sur l'étang de mon grand-père! dit-il tout excité. C'est la plus grande patinoire du monde! Voulez-vous venir jouer là-bas avec moi?

— Ce serait super! s'écrie Tess d'une voix aiguë.

— Ça me tente, moi aussi! ajoute Kevin.

— Allons-y! L'étang nous attend! lance Charlie.

Brady regarde ses amis quitter la patinoire au pas de course pour suivre Freddie. C'est la première fois qu'ils veulent jouer au hockey ailleurs que chez lui. Il serre son bâton très fort en s'efforçant de cacher sa tristesse.

— Allez vous amuser! Moi, je dois rester ici pour aider mon père, ment-il. Je vous rejoindrai peut-être plus tard.

Les enfants se rassemblent sur l'étang gelé. Le grand-père
de Freddie les accueille en leur tapant dans la main, puis
leur montre les bancs qu'il a sculptés dans la neige. Freddie
s'empresse d'indiquer les lignes bleues et le cercle rouge
au centre de la patinoire.

— Vous avez vu?
dit Freddie. C'est
exactement comme
la patinoire de Brady!

Les Ricochons s'amusent tellement sur la patinoire de Freddie qu'ils n'ont pas le temps de s'ennuyer de Brady. Ils trouvent que c'est génial de jouer sur une aussi grande patinoire. Lorsqu'ils vont s'asseoir à tour de rôle sur le banc, le grand-père de Freddie leur apporte des tasses de chocolat chaud à la guimauve.

— C'est la plus belle patinoire du monde!
déclare Tess entre deux gorgées de chocolat.

Le lendemain matin, Brady avale son déjeuner en vitesse, prend son bâton et sort dans la cour. Il veut déneiger la patinoire avant l'arrivée des Ricochons. Mais ses amis ont un autre projet en tête.

— Hé, Brady! lance Titan. On va à l'étang de Freddie. Veux-tu qu'on t'attende pendant que tu vas chercher tes patins?

— Non, allez-y, je dois aider mon père, ment encore Brady en fronçant les sourcils. Je vous rejoindrai tantôt.

Mais Brady n'a pas l'intention de les rejoindre.

135

Il enfile ses patins et s'exerce à faire des lancers frappés avec son chien, Champion. Ce n'est pas aussi amusant que d'habitude. Même Champion se lasse du jeu et quitte la patinoire, la rondelle entre les dents.

Ce soir-là, au souper, Brady n'a pas d'appétit.

— Qu'est-ce qui se passe, Brady Brady?
demande sa mère.

— C'est vrai, tu n'as pas l'air dans ton assiette,
dit son père. On dirait que tu as
de la peine, ces jours-ci.

Brady prend une grande inspiration, puis pousse un gros soupir.

— Tous mes amis veulent jouer avec Freddie plutôt qu'avec moi. Son grand-père a fait une grande patinoire sur son étang, avec des bancs de neige. Personne ne veut jouer sur ma patinoire, maintenant. Mais je n'irai pas sur l'étang de Freddie, même si je dois arrêter de jouer avec mes amis!

— C'est ta décision, Brady, mais tu ne penses pas que tu vas t'ennuyer? demande sa mère.

— Il n'y a pas de place pour deux patinoires dans le quartier! marmonne Brady.

Le lendemain, les amis de Brady l'attendent encore une fois au bout de l'entrée. Brady parvient à les convaincre de faire une partie sur sa patinoire.

— L'étang est trop loin pour y apporter tout notre équipement, dit-il. De toute façon, j'ai entendu dire que Freddie n'a même pas de filets. Je n'ai jamais vu quelqu'un utiliser des bottes en guise de buts!

Ces détails ne sont pas importants pour les Ricochons. Tout ce qu'ils veulent, c'est un endroit où jouer au hockey.

Freddie déneige la patinoire de l'étang. Il se demande pourquoi les Ricochons ne sont pas encore arrivés. Il croyait que tout le monde se retrouverait à l'étang durant la matinée. Après tout, ses amis avaient l'air de bien s'amuser sur la patinoire de son grand-père.

Freddie finit de nettoyer la glace, mais il n'y a toujours aucun signe de ses coéquipiers. Il décide d'aller voir ce qu'ils font.

En traversant le quartier, il entend des éclats de rire qui proviennent de la cour de Brady.

— Hé, les amis! dit Freddie. Je vous attendais tous pour jouer sur l'étang. Qu'est-ce qui s'est passé?

— Tout le monde a décidé de jouer sur ma patinoire, répond Brady d'un ton fier. En plus, tu n'as même pas de filets. Comment veux-tu qu'on fasse une vraie partie?

Freddie tourne les talons et s'éloigne, la tête basse.

— Ce n'était pas très gentil de lui dire ça, chuchote Charlie. Freddie est ton ami.

Tout à coup, Brady n'a plus envie de s'amuser. Il se souvient de sa tristesse, quand il n'avait personne avec qui jouer. Il est bien décidé à arranger les choses. Il doit trouver une solution.

— J'ai une idée! s'écrie-t-il. Et si on se retrouvait tous à l'étang du grand-père de Freddie, demain matin? On pourrait faire une surprise à Freddie en déneigeant sa patinoire! Je suis certain qu'il aimerait avoir quelques amis pour l'aider!

Ses copains sont d'accord.

— J'ai de vieux filets de hockey qui seraient parfaits pour la patinoire de l'étang, ajoute Brady. Je les apporterai demain matin.

Le lendemain, Brady se lève tôt. Il prend ses patins, son bâton et la grosse pelle de son père. Ses amis l'attendent déjà au bout de l'entrée. Ils transportent les filets de hockey jusqu'à l'étang.

— On a du pain sur la planche! dit Brady en entassant la neige en bordure de l'étang gelé.

Ses amis lui donnent un coup de main.

Ils fabriquent même des bonshommes de neige pour tenir lieu de spectateurs!

Quand Freddie arrive à l'étang, il n'en croit pas ses yeux. La glace est dégagée et les vieilles bottes d'hiver ont été remplacées par les filets de Brady.

— Hé! crie Brady quand Freddie s'approche des bancs. Que dirais-tu d'une partie de hockey?

En voyant le visage de son ami s'illuminer, Brady comprend que ce sont ses amis, et non la patinoire, qui rendent le jeu si amusant!